El despertar del don

El despertar del don

ALDIVAN TORRES

aldivan teixeira torres

CONTENTS

1 1

El despertar del don
Aldivan Torres
El despertar del don

Autor: Aldivan Torres
© 2020- Aldivan Torres
Todos los derechos reservados.

Este libro, incluyendo todas sus partes, está protegido por derechos de autor y no puede ser reproducido sin el permiso del autor, revendido o descargado.

Aldivan Torres es un escritor consolidado en varios géneros. Hasta ahora, los títulos se han publicado en decenas de idiomas. Desde muy temprana edad, siempre ha sido un amante del arte de la escritura, habiendo consolidado una carrera profesional desde el segundo semestre de 2013. Él espera, con sus escritos, contribuir a la cultura internacional, despertando el placer de leer en aquellos que no tienen el hábito. Su misión es ganar los corazones de cada uno de sus lectores. Además de la literatura, sus principales atracciones son la música, los viajes, los amigos, la familia y el placer de la vida misma. «Para la literatura, la igualdad, la fraternidad, la justicia, la dignidad y el honor del ser humano siempre» es su lema.

Contenido del libro
El Despertar
Miedo a Dios

El valor de la amistad.
Complicidad
Reflexiones.
Sensibilidad espiritual
El secreto de las siete puertas.

El Despertar

La copia se ha ido. Gradualmente, Renato y yo reanudaremos la conciencia. Todo lo que habíamos vivido era solo un desfase de tiempo revelando misterios que no habían durado más de treinta minutos.

Después de despertarnos, nos saludamos mutuamente movidos por la hermosa historia revelada. ¿Tendríamos la misma disposición y el valor que el legendario Víctor? Por supuesto, las situaciones eran totalmente diferentes. Éramos jóvenes del siglo XXI, una edad temprana de más que la suya incluso con muchos desafíos que cumplir.

Básicamente, si pudiéramos seguir su ejemplo, seguramente las victorias pasarían más fácilmente. Sin embargo, reiterando que las situaciones son incomparables.

En una reunión rápida, decidimos volver a la casa del amo. Esta sería una buena oportunidad para ampliar nuestro conocimiento y pedir una orientación más segura sobre cómo continuar.

Ciertamente, avanzamos, enfrentando las mismas dificultades que siempre, mundos con pensamientos positivos y motivadores sobre el futuro de nuestra empresa Ahora todo lo que quedaba era una cabeza alta.

El curso completo se llevó a cabo en media hora a escala regular y constante. Finalmente estamos aquí frente a la caseta, paramos un poco en este punto, estábamos encantados porque estábamos a punto de averiguar qué destino nos reservaba o al menos un remitente que sería clave para nuestro doble.

Los instantes más tarde, superamos parcialmente nuestras entradas. Una vez que nos dimos cuenta de que la puerta estaba abierta, entramos sin pedir permiso porque ya nos consideramos como casa.

EL DESPERTAR DEL DON

Encontramos al amo. Estaba en medio de la casa, con los ojos cerrados para meditar Un poco asustado, nos acercamos a él y lo tocamos con el propósito de despertarlo. Luego abre los ojos, dibuja una sonrisa y se levanta. Con una señal, nos pide que nos sentemos y empecemos una conversación.

"¿Funcionó con la técnica de co-visión?

"Fue algo maravilloso. En cuestión de segundos, una película fue transmitida en nuestras mentes. Muy interesante. ¡Valió la pena! (El psíquico)

"¿Y ahora? ¿Cuál es el siguiente paso? (Renato)

"Inspirando en la historia, también debes tratar de lograr el gran milagro: "La reunión de dos mundos". Esto solo será posible si hay demasiada dedicación por tu parte. (Ángel)

"¿Cómo va eso? (El psíquico)

"La clave de la cuestión es la formación. Encuentra al curador en Carabais. Todavía vive en el sitio pintado. En su experiencia, debe saber la mejor manera de alcanzar el objetivo. Mi parte ya está cumplida, y fue un éxito. Ahora puedo descansar en paz. Fue un placer conocerte. Aldivan y Renato, éxito en su paseo. Sigue así todo el tiempo. Seguirás orgulloso de este estado y país.

"Gracias por todo, amo. Nunca lo olvidaremos. (El psíquico)

"Tomaremos sus lecciones adelante. ¡Por lo justo! (Renato)

"Uno para todos y todos para uno! (Ángel)

¡Por los humildes y malos! Amigos para siempre. (El psíquico)

La emoción se ha apoderado del momento. Nos levantamos. Mientras nos acercamos, nuestra acción dio lugar a un triple abrazo. Por un momento, sentimos la fuerza de nuestros sentimientos, la amistad. Con nuestro sindicato, una pequeña antorcha de fuego cayó del cielo, encendiendo todo el lugar. Ahí, estaba nuestro guía estrella, que nos ayudaría en los tiempos más difíciles. Cuando el abrazo terminó, la antorcha volvió al lugar de origen. Hemos terminado de despedirnos. Con lágrimas en nuestros ojos, finalmente nos retiramos de nuestro benefactor. Hemos cruzado la puerta. Por fuera, comenzamos el paseo hacia el pueblo de Cimbres. Un nuevo escenario a la vista y que prometió muchas emociones y descubrimientos. Sigan, lectores.

Desde el comienzo del nuevo viaje, nos manteníamos a disposición, garra y coraje de siempre similar al primer desafío que la montaña. Aunque eran situaciones diferentes, el sentimiento era el mismo. Además, la precaución, la paciencia y la tranquilidad también se cultivaron porque eran clave para un posible éxito. Lección aprendida durante el camino de la vida con él convivían con excelentes maestros. Eso incluye amigos, familia, asesores espirituales.

Todo podría funcionar o no. Lo más importante fue aprender y evolución lograda con cada nueva experiencia. Nos convertimos en aprendices eternos. Para lograrlo, seguiremos manteniendo nuestras cabezas con valores elevados y crecientes como la dignidad, la amistad, la simplicidad, la lealtad y la transparencia. Esta era la marca del dúo dinámico de la serie "El vidente».

La saga continuó. Estamos pasando por lugares que hemos conocido, nos complace revivir varias situaciones. Nuestra imaginación está en la línea del tiempo y el espacio. ¿Cuántos pies no atravesaron sus expectativas? La respuesta es innumerable. Para alejarnos de la multitud, necesitábamos una intensa dedicación a nuestros proyectos. Algo que no necesitábamos, gracias a Dios.

Creado como siempre en nuestra causa e inspirarnos en nuestros antepasados, aumentamos el ritmo de los pasos. Unos minutos después, ya hemos visto la famosa arquitectura de Cimbres. Ahora, nos agotamos los esfuerzos desenterrados. Pero esperábamos que funcionara.

Con 500 metros más abajo, finalmente tenemos acceso a la calle principal. Cuando lleguemos a la Iglesia de Nuestra Señora de las Montañas, un pase auto lleno. Le damos señal y se detiene. Estamos a bordo. Como ya tenían suficientes pasajeros, la salida para la investigación es inmediata.

Hasta el final, tenemos la oportunidad de tener una buena charla con los compañeros de viaje y con el conductor llamado Baltazar que era muy amable. Hemos hablado un poco de todo, incluyendo noticias generales, deportes, música, religión, política y relación en total de treinta minutos de viaje.

Al final de la carrera, bajamos, despedimos y pagamos el billete. Estamos esperando que otro coche salga a Arcoverde. Estaríamos a mitad de camino, en el viejo Carabais, con el propósito de conocer a un famoso maestro del pasado. Era el curador que tenía más de cien años. ¿Qué pasaría?

Treinta minutos después, llegan cinco pasajeros más y luego el coche finalmente se va. Este hecho, crecemos silencio. Hemos disfrutado meditando un poco y disfrutando de la naturaleza. Entre las paradas, pasamos otros 30 minutos en el camino.

El coche se detiene al borde de la BR 232, bajamos y pagamos el billete. Teníamos un kilómetro de millas camino a caminar al centro del pueblo. Aparte del curso al sitio pintado que no sabíamos por qué no lo hemos conocido todavía.

Empezaremos el nuevo paseo. Las curvas subieron me hicieron recordar un pasado no muy lejos y lo agradable que se sentía al saborear. Comparto mis recuerdos con Renato, que escucha atentamente y opiniones.

Aunque yo era un hombre sabio, y me da consejos valiosos y secretos. También disfruto felicitando la disposición de ayudarme desde que me conociste. Con el tiempo, nos habíamos convertido en hermanos y amigos, cómplices y fieles compañeros de viaje. Esto fue clave para el éxito de nuestro esfuerzo.

Seguimos adelante. Terminando exactamente 25 minutos de la escalada, tenemos acceso a las primeras casas. Cuando encontramos a la primera persona, pedimos información en el sitio pintado y la persona del curador.

Se trata de una joven rubia, altura media, rosas llamadas Jacqueline. Describa detalladamente cómo llegar allí. Desde que estabas desocupado, ofreces tu compañía.

Lo tomaremos. Cruzamos toda la aldea y tomamos un camino sucio. Al principio, hablamos con la chica con la intención de conocernos mejor y pasar un poco de tiempo.

"¿Qué hace para las bandas, señorita? (El psíquico)

"Trabajo como agente de salud durante tres días a la semana. En mi tiempo libre, hago tareas domésticas. En mi casa hay cuatro personas, yo, mi hermana y mis padres. ¿Y tú? (Jacqueline)

"Soy funcionario público y en horas extras, escritor principiante. Trabajo en mis proyectos con mi asistente Renato. (El psíquico)

"Esto. Soy una pieza clave en las historias. (Declarado orgulloso Renato)

"¡Muy bien! ¿Qué tipo de escritura? (Jacqueline)

"Ficción realista. Pero también quiero escribir historias reales. ¿Recibiste algún consejo? (El psíquico)

"No. Solo conozco a gente sencilla. Pero confía en Dios. (Jacqueline)

"Yo también te creo. (Renato)

"Así que, déjalo. ¡Maktub! (El psíquico)

"¿La casa del médico sigue lejos? (Preguntó al impaciente Renato)

"No mucho. ¿Por qué? (Jacqueline)

"Tengo hambre. (Renato)

"Tranquilo. Sigamos caminando en silencio. ¿Puedes ponerte cómodo, Jacqueline? (El psíquico)

"Gracias.

La conversación se detuvo instantáneamente. Nos desviamos directamente hacia la carretera y entramos en un veredicto de ritmo frente al suelo seco, espinas y ramas de los arbustos cercanos. Pero desde que éramos del lugar al que estábamos acostumbrados.

Más adelante, el camino se extiende un poco, y estamos más cómodos. En el campo de la visión, viene una caseta. A la señal de Jacqueline, estamos avanzando hacia él. En unos cinco minutos, nos hemos visto en la puerta a punto de llamar. Sin embargo, antes de hacerlo, la puerta se abre misteriosamente. Dentro, la figura del anciano, que a pesar de la edad mantiene características fuertes y fuertes más allá de la forma peculiar de vestir, pantalones cortos de cuero, camisas de encaje y sandalias exclusivas.

Con un gesto, empieza la conversación:

"Jack, ¿qué estás haciendo aquí? ¿Y estos otros? Me resultan familiares.

"¡Hola! Estos son mis amigos, psíquico y Renato. Quieren hablar contigo. (Jacqueline)

"Soy el nieto de Víctor. (El psíquico)

"Y yo soy tu asistente. (Renato)

"¿Cómo? Eso pensé. Te pareces mucho a tu abuelo. Bienvenido. (Sanador)

"Gracias. Estoy orgulloso de ello. ¿Podemos entrar? (El psíquico)

"Sí, por supuesto. ¿Quieres venir también, Jack? (Sanador)

"No, ya voy. Solo vine a acompañarte. Incluso para todos. (Jacqueline)

"¡Hasta luego!

Estamos en la casa. Acompañando al anfitrión, nos instalamos en tambores dispuestos en círculos en el centro de la caseta. Después del silencio inicial, la conversación se reanuda finalmente.

"Bueno, ¿qué te trajo aquí, a este fin del mundo? (Sanador)

"Venimos de una aventura desigual y nuestro amo nos dijo que lo buscáramos. (El psíquico)

"Se llama Ángel y dijo que con su ayuda podemos lograr el milagro que consiste en la reunión entre dos mundos. ¿Es realmente posible? (Renato)

La cara del curandero se puso nerviosa. Se quedó unos momentos estáticos para pensar. En estos momentos queríamos ser poderosos telepates para adivinar exactamente lo que estaba pasando en tu mente.

Como no lo estábamos, nos callamos al esperar su declaración lo que sucedió justo después.

"Todo es posible, querida, depender de la dedicación. Pero primero, deseo conocerte un poco más. (Sanador)

"Muy bien. Mi nombre es Aldivan Torres, también conocido como el psíquico o el hijo de Dios. Soy funcionario público y escritor en las horas extras. Vengo de dos increíbles aventuras con mi asistente Renato que alquiló mis dos primeros títulos: "Fuerzas opuestas", "Y la oscura noche del alma", estoy en un tercer proyecto y para hacerlo, necesito tu ayuda. (El psíquico)

"Esto. Como dijo, soy tu amigo y asistente. (Renato)

"Entiendo. Creo que puedo ayudarte con tus metas. ¿Aceptas entrenamiento? (Sanador)

"Claro. Siempre. (El psíquico)

"Estamos listos. (Renato)

"¡Muy bien! Para que logremos el éxito, debe permanecer aquí durante siete días. En cuanto a los alojamientos, no te preocupes. Tengo suficientes camas. (Sanador)

"Gracias. ¿Es realmente necesario? (El psíquico)

"Sí. Deja tu timidez a un lado y haz lo que quieras. Tu abuelo no era así. (En risas, el curandero)

"No creo que tenga una manera. (Renato)

"Bien, ahora dormiré. Si tienes hambre, puedes ir a la cocina y preparar algo. La formación empieza mañana. (Sanador)

"Entendido. (El psíquico)

"Puede ser mi invitado, amo. (Renato)

El curandero se levantó, estirado y cansado se acercó a una de las camas. Se acostó y se quedó dormido inmediatamente. Renato y yo nos instalamos, intercambiamos ideas, y como se predijo, tenemos hambre.

Vamos a la cocina y preparamos un aperitivo rápido. Después, dejamos la caseta en un paseo. Tres horas después, vinimos, y encontramos al amo despierto. Hablamos un poco más, y estamos disponibles para ayudar con el trabajo doméstico. Cuando terminemos, hemos realizado otras actividades de estudio y ocio.

Con la llegada de la noche, cenamos y salimos un poco para contemplar las estrellas. Con tu experiencia, el curandero nos da algunas lecciones de astronomía además de contar historias interesantes de su pasado.

Hemos estado en este ejercicio por tres horas. Cuando se hace un poco tarde, el curador se retira. Como no teníamos nada que hacer, lo seguimos. El otro día sería el comienzo de un nuevo viaje, dirigiéndose hacia lo desconocido. ¿Qué destino se revelaría ante nosotros? ¿Estábamos preparados para lo que vino? Estas y otras preguntas sin respuesta estaban a punto de resolverse. Continuemos la saga del número tres.

Miedo a Dios

Es el amanecer. El sol sale, los pájaros cantan y una brisa suave supera la pared inundando todo el ambiente. En unos momentos, nos despertamos, nos arrastramos, nos daremos una ducha. Al final, fuimos a la cocina y con el anfitrión, preparamos el desayuno con lo que teníamos disponible en la despensa.

Hemos aprovechado la oportunidad para estrechar nuestros lazos hasta reciente. Cuando la comida esté lista, nos sentamos en la mesa, y nos servimos en un ritual de comunión.

Nos alimentamos en silencio y respeto. Cuando terminemos, comenzamos una conversación de manera de dirigir dudas.

"¿Cuándo comenzamos nuestra formación? (El psíquico)

"Primero, quiero saber cómo los entrenó Ángel. (Sanador)

"Te lo explicaré. Pasamos la prueba del desarrollo de los regalos del Espíritu Santo. Fueron seis pasos en total. Con ellos, podríamos desarrollar una nueva técnica, la co-visión que nos proporcionaba la visión de primer paso (Renato).

"Ya veo. Entonces debemos continuar con esta línea de razonamiento hasta que llegue a la parte superior de la segunda etapa. ¿Cuál era el regalo que quedaba? (Sanador)

"Fue el miedo de Alá". (El psíquico)

"Empezaremos desde allí. Sígueme. (Sanador)

Obedecemos al amo saliendo. Hemos superado todos los obstáculos. Fuera del camino, hemos estado ejecutando un veredicto de la misma manera. Diez minutos después, caminando con fuerza, entramos en un claro. En la señal del maestro, nos sentamos en el centro de ella. Desde entonces, empieza a explicar Los trajes aquí para un debate saludable. Un intercambio de experiencias, porque no hay nadie en este mundo tan sabio que no puede aprender ni a nadie tan ignorante que no puede enseñar. (Sanador)

"Estoy de acuerdo. La vida se caracteriza por un proceso continuo de enseñanza y aprendizaje, un término muy utilizado en la educación. (El psíquico)

¡"El profesor dijo! Pero díganos, amo, ¿qué tiene que decirnos sobre el regalo de Dios? (Renato)

"Por experiencia, a diferencia de la mayoría de la gente piensa, Dios no quiere que le temamos. Requiere respeto, dedicación a su causa, siguiendo sus leyes y obras prácticas a cambio de su amor y protección. Sin embargo, incluso los que insisten en sus errores, que se hunden en su oscura noche" no son abandonados por lo divino. Esto sucede porque es padre primero, y es bueno con todos. Esto consiste en la perfección. ¿Y tú? ¿Qué concepto tienes de este regalo? Mire, amo, en el período que estaba sumergido en mi oscura noche del alma, podría tener la dimensión de dos opuestos de Dios, misericordia y justicia. En ese momento, mi mensajero me dejó llevar por completo, viniendo a pensar en poseer el mundo. Ahí es cuando las fuerzas del bien actuaron y me impusieron su fuerza. Abrieron mis ojos, me castigaron, y luego me di cuenta del mal que hice. Sin embargo, a pesar de las insistentes peticiones de mis enemigos, en lugar de condenarme, Dios me liberó y resucitado no solamente esta vez, sino innumerables veces. Dios es padre. La única condición que nos impone es el compromiso de no repetir los mismos errores. En resumen, por lo que he vivido, puedo concluir que debemos crecer el miedo de Dios. No debemos iluminar tu ira, porque tu mano es demasiado pesada para nosotros, mortales y justa. Más allá de la justicia, hay misericordia. Este solo se logra en caso de que ganemos su confianza. Debemos tener actitud y posición. (I, el psíquico)

"A pesar de mi edad, tengo algo que decirte también. Desde que mi madre murió, mi padre me trató duro. De él, aprendí sobre el miedo. No deberíamos dejar que esto nos controle. Tenemos que dictar nuestras acciones. Ser autor de tu historia. Esta fue mi experiencia de un padre humano. Cuando me escapé, encontré al guardián de la montaña y con ella, tuve una vida más digna. Podría estudiar, tener amigos, jugar y trabajar, también. Me enteré con sus enseñanzas e investigando en libros, un verdadero padre. Un padre que no ataca, que ama, que nos acepta como somos, un verdadero padre humano. El miedo, para mí, es una relación padre-hijo. Como cualquier relación, necesitas debate, conocimiento, complicidad, fidelidad y lealtad. Es la única forma en que se completa. Pero nunca debemos tener miedo. Nos mantiene de Dios. (Renato)

"¡Espléndido! Diferentes opiniones, pero todas significativas. He notado la fuerte influencia de las experiencias personales en sus opiniones. Esto es normal. Creo que podemos intentarlo. (Sanador)

"¿Intentar qué? (El psíquico)

"También tengo la misma duda. (Renato)

"Completar el primer ciclo, los siete regalos. Con una iluminación adecuada, podemos absorber el conocimiento y asegurarnos de que esa manera de seguir alcanzando un objetivo completo. (Sanador)

"Muy bien. Podemos intentarlo. (El psíquico)

"¿Cómo actuamos? (Renato)

"Levántate y formar un círculo. (Sanador)

Obedecemos al amo. Nos tomamos de las manos y cerramos el círculo. Inmediatamente, se arrodilla, reza suavemente y nos pide que recordemos los desafíos anteriores. En cuestión de segundos, recordamos los momentos más notables de aventura hasta el momento actual. Reza terminada, el amo se levanta, y levanta con las nuestras, manos al cielo. De repente, el mundo tiembla, oscurece, y las lenguas como el fuego se caen sobre nuestras cabezas.

Desde allí, entramos en éxtasis completo. Estamos llenos de la energía desde arriba similar a lo que pasó con los apóstoles de Cristo. Eso fue hace unos dos mil años.

Este maravilloso momento dura solo treinta segundos. Cuando los idiomas de incendio estén terminados, nos volvemos a ver solo nosotros tres. El amo entonces toma la palabra.

"Lo tengo. Sé cómo ir. ¿Vamos? (Sanador)

"¿Podrías ayudarnos? (El psíquico)

"No. Cada día es de tu preocupación. Vamos a casa. (Sanador)

"Muy bien. ¿Vamos, Renato? (El psíquico)

"Claro. (Renato)

Nuestro trío comenzó a volver y las preguntas siguen entrando en nuestras mentes. ¿Qué pasaría? Sea lo que sea que pensábamos que estábamos dispuestos a enfrentarlo porque teníamos experiencia en desafíos.

Por ahora, el amo tenía razón, no había nada de qué preocuparse. El primer paso se ha dado. Ahora todo lo que quedaba era la raza, el valor, sin miedo y sin vergüenza para ser feliz.

Con un poco de dedicación y suerte, podríamos llegar a los resultados deseados. Pero esto era el futuro.

Mientras no llegaba, seguíamos caminando. Al mismo tiempo que el viaje, llegamos a la caseta. Durante el resto del día, estaríamos involucrados en otras actividades que no tuvieron nada que ver con el desafío.

Por la noche, aprendíamos más sobre el universo y las experiencias comerciales. El maestro planeaba los próximos pasos y vivía la expectativa del día siguiente que prometía muchas cosas nuevas.

Cuando estábamos cansados, descansamos. Normalmente era temprano porque en el lugar no había muchas opciones de entretenimiento.

Sigan, lectores.

El valor de la amistad.

La noche suele funcionar. El amanecer pasa y amanece entonces. Al amanecer, despertamos. Inmediatamente, cada uno de ustedes ocupará en una actividad el amo preparará el desayuno mientras yo y mis fieles compañeros aventuras tomaremos un baño.

En treinta minutos cumplimos la obligación. Fuimos a la habitación y nos cambiamos de ropa. Muy bien, vamos a la cocina. Una vez que lleguemos, nos servimos a nosotros mismos y el amo se aprovecha de sí mismo.

Mientras tanto, Renato y yo intercambiamos información clasificada. Pero no tenemos mucho tiempo para esto porque en menos de diez minutos el maestro regresará. Se sienta con nosotros en la mesa y amablemente espera a que terminemos, para que se pronuncie lo que no tarda mucho.

"¿Dormiste bien? (Sanador)

"Aparte de algunas pesadillas, de acuerdo. (Informa a Renato)

"Normal. Solo un poco ansioso. (Confesada, el psíquico)

"¡Muy bien! Entonces comenzaremos. Con la iluminación que tenía ayer, pensé que sería mejor continuar entrenando de la misma manera que empecé. Una conversación con total libertad, respeto e interacción. ¿De acuerdo? (Sanador)

"Está bien. (El psíquico)

"Es un método interesante. ¿De qué vamos a hablar? (Quería conocer a Renato)

"El tema de hoy es la amistad. Contiene un poco de su trayectoria y experiencia en este sentido. (Sanador)

"Empezaré. Amistad para mí, eso es todo. Aprendí esto de los espíritus más altos, mi familia, amigos, conocidos, compañeros de trabajo, maestros espirituales y vida. En este camino, amaba, sufrí, lloré, fallé, pegué, y me confundí. Pero lo superé y lo perdoné. De todos modos, aprendí, pensé, y quiero seguir adelante después de todo. (El psíquico)

"Mi comienzo de la historia, como saben, es un poco trágico. Únicamente conocí los buenos sentimientos cuando conocí al tutor. Es mi benefactora. Fue entonces cuando tuve un mayor contacto con la sociedad. En ellos hay compañeros de escuela y mi querido compañero de aventura. (Renato)

"Gracias. (El psíquico)

"¿Qué harías por un amigo necesitado? (Sanador)

"Depende. Si estuviera confundido, le aconsejaría. Si estuvieras en problemas, lo intentaríamos juntos, encontraríamos una solución. En resumen, ayudaría a lo que fuera necesario. (El psíquico)

"Me pondría a su disposición en buenos momentos y malos. (Explicación resumida de Renato)

"Me gusta. También ayudaría. En este mundo, todos somos iguales. Lo que traemos con concreto es buenas acciones. El dinero, el orgullo, la vanidad, las penas, las disputas y el egoísmo no llevan a nada. Sin embargo, todavía es muy común escuchar a los falsos amigos cuando se necesita la siguiente frase: "No es mi problema". (Sanador)

"Exactamente. Me ha pasado mucho. Pero no soy como ellos. No voy a repetir este error. (El psíquico)

"¡Bien! Incluso sin mucha experiencia, he visto casos de personas que se rebelaron y empezaron a actuar de la misma manera. (Observación Renato)

"Nunca hagas eso. Incluso si la sangre hierve, no mezcles con esta categoría de personas. Necesitamos obtener valores y no compartir. (Sanador)

"Jesús es el ejemplo. (El psíquico)

"Él es el principal. Madre Teresa de Calcuta, Hermana Dulce, Zilda Arns, Dorothy Stang, Madre Paulina, Francisco Xavier, Santa Rita de Casia, Nelson Mandela, Francisco de Asís, Gandhi, entre miles de ejemplos. (Sanador)

"He oído hablar de él. Eran maravillosos. (Renato)

"¿Es posible alcanzar su nivel de evolución, amo? (El psíquico)

"No te compares con nadie. Cada uno tiene su historia peculiar. Lo importante es crecer buenos valores, tener experiencias que la vida proporciona, tener buenas compañías, vivir y no avergonzarse de ser feliz como dice la música. El tiempo enseña. (Sanador)

"Entiendo. Los seguiré. (El psíquico)

"Con mi ayuda, podemos seguir marcando la historia y el encanto corazones en la serie de la psíquica. (Renato)

"Esto. Sigue el destino con garra, fuerza y fe en que el éxito se producirá como consecuencia. No te olvides de mí y de los otros. Eso es lo que es la amistad. (Sanador)

"Por supuesto que no. Valoramos nuestros orígenes. (I, el psíquico)

"¿Qué tal un abrazo? (Renato)

La emoción nos apoderó a todos, y aceptamos la sugerencia del joven Renato. Estamos arriba. Cuando te acercas, el triple abrazo dura unos momentos. Hubo un trío luchando, buscando conocimiento. Aunque pertenecían a mundos diferentes, estaban unidos por el destino. Cada paso del camino, la reunión reveladora se acercaba.

Terminamos el abrazo, nos fuimos. El maestro dice adiós, explicando que tenía tareas que hacer en el pueblo. Cuando te vayas, solo somos nosotros dos. Tenemos la idea de arreglar la caseta. Aunque no era nuestra especialidad, solo la buena intención era válida.

Cuando el amo regresó, seguiríamos ayudándole en otras actividades hasta que se acabara el día. Se ha logrado un paso más. Con la experiencia del curandero, se habían quedado grandes lecciones. Sigamos adelante.

Complicidad

Un nuevo día viene con las características habituales. En algún momento, un viento frío golpea nuestros cuerpos ya recuperados de los esfuerzos anteriores que nos provocan despertar. Inmediatamente, reúno suficiente coraje y fuerza para levantar. Intento uno, dos, tres, cuatro veces. La última vez me pondré al día con el éxito.

Además, veo a mi compañera de aventura de cerca. Veo que, a pesar de estar despierto, mi compañera aventura aún no se ha deshecho de al menos esfuerzo. Así que decido acercarme y ayudarte a tomar una iniciativa. Cinco minutos después, ambos ya están de pie.

En una conversación rápida, compartimos las tareas, y terminaremos. Este hecho, Renato y yo preparamos el desayuno haciendo ejercicio de nuestros regalos de cocina. Mientras tanto, el amo se baña rápidamente. Cuando termines esta tarea, cambia de ropa y nos encontramos en la cocina.

Cuando se trata del medio ambiente, todavía le da tiempo para sugerir algunas mejoras en el plato que en el momento que está hecho de cuscús con un macarrón cocido con burbujas. Apreciamos la ayuda, y daremos el toque final de la comida.

Con todo listo, nos servimos y nos sentamos en la mesa mientras comemos, comenzamos una conversación amistosa

"Primero, quiero agradecerle toda la atención y dedicación a nuestra causa. Pero aún me quedan algunas dudas. ¿Podrías sancionarlos? (El psíquico)

"Depende. Tendrás todas las respuestas que necesitas a tiempo. Los nervios y la ansiedad están en medio. (Sanador)

"No es extraordinario. Quiero saber cuántas etapas tenemos que realizar y cómo lograr el milagro más deseado. (El psíquico)

"Como dije, serán siete días de entrenamiento. En este período, solicito que se centre plenamente en su parte. El resto vendrá como consecuencia. (Sanador)

"Muy bien Esperaré. ¿Alguna pregunta, Renato? (El psíquico)

"Además de la tuya, tengo curiosidad por saber el verdadero nombre de nuestro digno amo. (Renato)

"Estás pidiendo demasiado. Mi nombre de bautismo es Secreto. Por ahora, quédate a entrenar y no a cosas tontas. (GRITA EL MÁSTER)

"Muy bien. Perdón por el valor. (Renato)

"No te preocupes. Termina de alimentarte. (Sanador)

La voz del amo sonaba seria y firme. ¡Eso nos hace discípulos tomar la petición como orden! En silencio, seguimos saboreando la comida muy lentamente. Comimos una parte de cada uno y como aún teníamos hambre, repetimos la dosis.

Doce minutos después, finalmente estamos satisfechos. Cuando terminemos, nos dirigimos al baño improvisado, para que podamos cuidar de nuestro cuerpo. Uno a la vez. Entre bañarse, cambiarse de ropa y volver a la cocina pasamos más cuarenta minutos de nuestro precioso tiempo. Sin embargo, a pesar del retraso, encontramos al maestro radiante y una vez más dispuesto a ayudarnos.

"¿Podemos empezar? (Sanador)

"Sí. (Renato y yo)

"Bueno, el tema que se aborda hoy es complicidad. ¿Podrías compartir tus experiencias en ese sentido? (Sanador)

"Claro. Puedo decir, sin duda, que esta es una de mis características principales. En cualquier relación es crítico. Por ejemplo, en dificultades, buscamos apoyo. Buscamos a alguien en quien confiar y compartir el peso de las responsabilidades. En caso de que no lo encontremos, la vida se vuelve un poco más vacía y triste. La complicidad y la confianza son dos vínculos importantes. (El psíquico)

"Estoy de acuerdo. También debemos ser tan cuidadosos como podamos para poder depositar nuestra confianza en las personas adecuadas. (Renato)

"¡Muy bien! Renato. Pero al principio es difícil tener esta habilidad de juicio. La precaución debe ser la palabra clave y el conocimiento es algo necesario. Solo con él es posible decidir. (Alertó al maestro)

"¿Alguna vez ha tenido decepciones, amo? (Renato)

"Demasiados. Es parte del proceso de evolución. Lo importante es no repetir los mismos errores. (Sanador)

"Buen punto. También he vivido algo similar una y otra vez. Los errores van camino a la derecha. (He estado empujando)

"Exactamente, querida. Felicidades. Creo que pronto recolectarás los frutos de tu trabajo. Siempre persisten. (Sanador)

"Entiendo. Gracias de nuevo. (Renato)

"De nada. ¿Nos encargaremos de las tareas domésticas? (Sanador)

"Sí. (Ambos)

Tomaremos el material necesario y comenzaremos la actividad sugerida. Cuando terminemos, hacemos otros trabajos pertinentes. Lo más importante es que estamos progresando a la vista. ¡Dirigiéndose al éxito!

Reflexiones.

El otro día, realizamos las actividades correccionales de la mañana como siempre y cuando terminamos de desayunar nos conocimos en el centro de la caseta por la nominación del amo. Nos sentamos en el piso junto al otro. Después, un momento finalmente el curador toma la iniciativa.

"Bueno, estamos aquí de nuevo el quinto día de entrenamiento. ¿Lo estás disfrutando hasta ahora? (Sanador)

"Lo estoy. Pero debo confesar que espero algo más espectacular con técnicas increíbles, misterios que se resuelvan y extraordinarias revelaciones. (El psíquico)

"Ha sido un gran aprendizaje para mí. No tengo nada de que quejarme. (Renato)

"Entiendo. Vidente, es normal para alguien como tú, con una gran experiencia en la aventura esperar este concepto. Pero créeme, tendremos resultados más concretos actuando de esta manera. "Tenemos que hacer el intercambio de información. En cuanto a ti, Renato, siéntete libre. (El amo)

"Gracias. (Renato)

¿Cuál es el siguiente paso? (El psíquico)

"Hoy hablaremos de un tema complejo y universal, amor. ¿Cuáles son sus opiniones? (Sanador)

"Enamorado, he intentado todo". Sentí el amor espiritual de Dios, de la entrega y renuncia completa. Además, sentí amor humano. Es algo que implica atracción, aproximación, fe y fuerza condenada. "Sin embargo, en relación con este último, mis experiencias no fueron buenas. (El psíquico)

"Para mi pequeña edad, he experimentado amor y pasión familiar no es demasiado profunda. Como sabes, mi vida no ha sido fácil. (Renato)

"Entendemos a Renato y lo admiramos. Con el tiempo, tendrás la oportunidad de conocer el amor verdadero. En cuanto a ti, psíquico, no desanimación. La felicidad llegará a ti en el momento adecuado. Lo más importante es perseverar en la lucha para ser feliz porque, de hecho, eso es lo que realmente importa. (curandero)

"Eso espero. ¿Y tú? ¿Cuáles son sus experiencias en relación con el amor? (El psíquico)

"Bueno, como cualquier ser humano que haya vivido más de cien años, conozco un poco de vida. Sin embargo, mi trabajo espiritual y la relación con la naturaleza siempre han llegado en primer lugar. En cierto modo, me evitó a la gente. Eso es. Vivimos en opciones y las mías fueron bien pensadas. No me arrepiento. (Sanador)

"Estoy de acuerdo. Tomar decisiones es el acto principal para convertirse en los principales actores en el escenario de nuestras vidas. Ser líder de ti mismo es el objetivo principal. (El psíquico)

¡Que vengan las consecuencias! (Complemento Renato)

"Esto es exactamente lo que quiero pasar a sus discípulos. Deseo desde el fondo de mi corazón que tienen el valor y la fuerza para tomar sus decisiones y enfrentarlos sin temor a contradecir al mayor que apoya una moral falsa en nuestra sociedad. Ser como el legendario Víctor y su grupo de vigilantes que han marcado la historia en un momento aún más difícil que el presente. (Sanador)

"Prometimos intentarlo de esta manera. (El psíquico)

"Juntos podemos conseguir el milagro, el hallazgo tan esperado entre dos mundos. (Declarado con optimismo, Renato)

"Esta es la forma de hablar. Me gusta verlo. ¿Alguna observación más? (Sanador)

"No. ¿Y tú, Renato? (El psíquico)

"Yo tampoco. (Renato)

"¡Muy bien! El trabajo de hoy está por aquí. Saldré un rato, visitaré a algunos amigos en el pueblo. Cuidaos de casa y pensad en nuestra conversación. (Sanador)

"Muy bien. Nos vemos. (El psíquico)

"Nos vemos luego. (Renato)

"Un abrazo. Nos vemos en un rato. (Sanador)

Dicho eso, el amo se fue, abrió la puerta y se fue. Ahora solo estábamos Renato y yo. Seguiríamos el consejo del maestro. Cuando volvió, estaría orgulloso de nosotros porque la dedicación y el compromiso no perderían nuestra parte. Continuemos nuestra saga entonces.

Sensibilidad espiritual

Ha pasado un día más. Después de levantarnos, apretarnos, ducharnos, desayunar y cepillarnos los dientes, nos reunimos con el curandero. Esta la hizo, nos instalamos en la cama ubicada en su habitación. Después de cerrar las puertas, el amo tenía la seguridad necesaria para empezar la conversación.

"Bien, ¿listo?

"Siempre lo estamos. (El psíquico)

"Creo que sí. (Renato)

"Lo pensé un poco. He llegado a la conclusión que usted hace falta ahora el uso de dos técnicas. Hoy, te enseñaré la primera técnica. Se trata de la mejora de la Sensibilidad espiritual. (Informa al curador)

"Muy bien. A pesar de las diversas experiencias que he tenido, no estoy completamente desarrollado (Confesada, el psíquico)

Interesante. No tengo experiencia. Pero en mi caso, ¿es posible? "Aunque no tenga un don específico. (Renato)

"Contestando a los dos, nunca estáis completamente preparados. Todos somos psíquicos de alto nivel. La cuestión es cómo prepararse adecuadamente para estos contactos que a menudo nos salvan de grandes peligros. Tengo una de las llaves para llegar a esto. (Sanador)

"Todos estamos escuchando atentamente. (He preparado)

"Adelante, amo. (Ratificado Renato)

"Hemos vivido seis días y me he dado cuenta de tu habilidad y valor Primero, me dieron confianza y por esto te revelaré uno de mis secretos. Escuchen. (Sanador)

El maestro se levantó y se acercó a las paredes. Específicamente, de una de las pinturas clavadas con muy buen gusto. Lo sacó, dejando el espectáculo un espejo, el que visualizamos en la historia de Víctor.

Con una señal, pide nuestro acercamiento. Cuando nos acerquemos, volverá a nosotros.

"Cierra los ojos y concéntrate en el infinito. Con esto en mente, solamente una vez en el espejo.

Obedecemos una vez más. Cuando nos sentimos preparados, tocamos simultáneamente el espejo. Ahora, entramos en una especie de trascendencia nuestros espíritus superan las diferentes dimensiones existentes: pasamos por los cielos, el infierno, la ciudad de hombres, el purgatorio, el limbo, las puertas dimensionales, planetas de todo el universo.

La experiencia es excelente y rápida. Cuarenta segundos, volvemos a la conciencia. Cuando despertamos, dejamos el espejo. Volvemos a sentarnos mientras el amo a nuestro lado parece ansioso e inquieto. Empecemos de nuevo el diálogo.

"¡Esto es maravilloso! Nunca me he sentido tan ligera y suelta. Es como si mis sentidos estuvieran al fondo de mi piel, sin ninguna barrera de comunicación.

"También sentí algo así. Aunque son un mundo diferente al nuestro, esta técnica muestra cuán posible es el encuentro, aunque es tan desesperada realidad. (Renato)

Me alegra que lo entendieras. Mientras tengan acceso a la segunda técnica, pueden complementar esta, tendrán la oportunidad de lograr el milagro que así deseen. Será la oportunidad de una nueva evaluación de la vida que brinda la oportunidad de estipular nuevos objetivos y consolidar los ya alcanzados. De todos modos, un nuevo paseo que será largo si Dios quiere. (Sanador)

¡Eso es genial! Sigamos con el trabajo, ¿de acuerdo, Renato? (El Hijo de Dios)

"Claro. Pero ahora tengo hambre. ¿Podemos preparar algo? (Renato.

La ingenuidad de Renato provocó risas de mí y del amo. Qué personaje. Sin él, la serie que el psíquico no tendría el mismo encanto que tiene.

"Cuando nos controlamos, empezamos a hablar de nuevo.

"Muy bien. ¿Nos vamos, amo? (El psíquico)

"Adelante. Por hoy, no más entrenamiento. Pero no olvides limpiar el desastre. (Sanador)

Ahora mismo, nos levantamos de la cama. Tomamos unos pasos, abrimos la puerta y nos mudamos hacia la cocina. Una vez que llegamos allí, empezamos a hacer un charco de arroz y frijoles sazonados con lo que teníamos disponible. En diez minutos, terminaremos de prepararnos. Aunque no tenga hambre, sigo a Renato para probar esta delicia en la que me especializo.

Durante la alimentación, compartimos experiencias y expectativas. ¿Qué nos esperaba de ahora en adelante? ¿Sería recompensado nuestro esfuerzo? ¿De qué serviríamos esta aventura por el resto de nuestras vidas? Estas y otras preguntas se responderán pronto en una reunión tan deseada.

Mientras no fuera el momento, podríamos repostar. Al final, comenzamos otras actividades diarias. ¡Adelante, siempre! ¡Para los lectores y el universo tan único que les dio regalos! Adelante.

El secreto de las siete puertas.

El séptimo día de experiencias y peleas internas llevadas a cabo en la casa de la misteriosa curandera, en compañía del mismo y Renato. Temprano, nos elevamos a un ritmo frenético y realizamos las actividades habituales en un tiempo récord.

"He terminado con el desayuno; no contengo mis nervios y ansiedad. Empiezo porque, la conversación con los demás.

EL DESPERTAR DEL DON

"¿Y ahora qué, amo? ¿Podrías guiarnos en definitiva? (El psíquico)

"¿Ya? ¿Estás realmente listo? (Sanador)

¿"¿Creo que sí, y qué hay de ti, Renato? (El Hijo de Dios)

"Estoy contigo, amigo mío. Sigamos adelante. (Renato)

"Valiente de ti. ¿Sabes, sin embargo, a qué te enfrentas? (Sanador)

"No. Pero no importa mucho. ¿Qué vale la vida sin aventuras o sin sentido? En mi opinión, un vacío total. (El psíquico)

"Explíquenos, amo. (Renato solicitó)

"Me gusta. El siguiente desafío es un gran secreto que nunca le he revelado a nadie. Solo si lo hacen, tendrán la oportunidad de lograr el milagro deseado. ¿Están dispuestos a hacerlo? (Sanador)

"¿De qué se trata exactamente? (Renato)

"Normalmente lo llamo un secreto de las siete puertas. Son varias dimensiones superpuestas y cada minuto la situación se complica aún más. Si fallan, pueden quedar atrapados en una de sus dimensiones paralelas. ¿Qué dices? (Sanador)

"Disculpe, Renato, como líder de esta empresa decido que no se meterá en este escenario. No me malinterpretes, es que tengo una experiencia mayor en situaciones extremas. Preferiría continuar a partir de ahora. ¿De acuerdo? (El psíquico)

"No te entendí muy bien, pero lo hago. (Renato)

"Excelente. ¿Qué debo hacer, amo? (El psíquico)

"Primero, sígueme (sanador)

Obedecí al amo y junto a él, nos seguimos a la habitación. Pasamos la puerta y la cerramos. Cuando estemos completamente solos, nos comunicaremos de nuevo.

"Cierra los ojos. (Pregunta al curandero)

Aunque pensé que era extraño, obedecí de nuevo. Sobre 30 segundos después, escucho tu voz de nuevo y esta me pide que las abra. Al hacerlo, tengo una impresionante visión de un portal por delante y a mis ojos de duda el amo está a punto de pronunciarse.

"Aquí está la puerta del conocimiento creada por mí. Soy uno de los pocos en la tierra capaz de ello. Es como una realidad ampliada. Abre la puerta, reza a tu ángel guardián y supera los obstáculos. Al final, encontrarás la salida.

"¿Cuándo puedo irme? (El psíquico)

"Ahora. Apúrate, porque hay un límite de tiempo. (Informa al curador)

"Muy bien. (El Hijo de Dios)

Empiezo a dar los primeros pasos y aunque luche contra mis miedos continúan y siguen. Me detendré. Además, me detendré cinco segundos y respiraré. Cuando termine esta vez, voy a agarrar la manija, abro la puerta, doy dos pasos y la cierro detrás de mí. Lo que veo al principio me impresiona.

Estoy en un lugar plano, oscuro, extenso y totalmente crítico. En un momento, el cielo y el suelo desaparecen y mi cuerpo empieza a flotar en el aire ayudado por mis técnicas secretas. Empiezo entonces, sin una dirección definitiva. Con el tiempo, estoy cansado de mí mismo, estoy pensando pidiendo ayuda de las fuerzas más altas que me siguen y como respuesta, una voz misteriosa dice que todo está a punto de comenzar. Confía en eso, por un tiempo y descansa, se supone que esté en el aire. Lo siguiente que sé, oí una cinta eco y pares de luces y sombras poderosas acercándose. Con la experiencia, tengo del plan espiritual, me doy cuenta de la presencia más cercana a ellos, que son los siete espíritus de Dios. ¿Pero cuál era el plan que los llevaba? ¿Con qué fin? Volando a la velocidad de la luz, llegan rápidamente y me rodean completamente: son siete guerreros angélicos de la jerarquía más alta, con sus pares de alas increíbles, espadas, lanzas y estrellas listas para combatir. Inmediatamente, estaré en contacto telepático con lo mismo. Tengo éxito porque una conversación comienza pronto.

"¿Qué quieres de mí? (I, el psíquico)

"Hemos venido a demostrar su fe. Para seguir adelante, tendrás que ganarnos en una pelea. (Hablando de Miguel, el jefe)

"¿Perdón? (Pregunté incrédulo)

"Esto es humano. Lo que quieres es más allá de la posibilidad de los mortales, y pedimos a Dios esta prueba. (Lucifer, el Arcángel Negro)

"Entiendo. ¿Pero no deberías cuidar de los humanos? No entiendo el punto de esta pelea. (El psíquico)

"Somos luz y oscuridad en un total de siete. Juntos somos la divinidad. Decidimos esto porque este es un lugar sagrado que te atreves a penetrar. (Todos en el coro)

"Pero no te preocupes. Como eres el hijo de Dios, puede derrotarnos fácilmente. (Lucifer se ríe)

"Los otros sagrados se rieron y sus voces parecían un rugido de trueno. ¿Qué sería ahora, el hijo de Dios? Está decidido a responder.

"En ese plan, soy solamente un humano. Pero lo que no sabes es que dejé a Dios en espíritu. Había muchas reencarnaciones en el planeta Tierra durante milenios y finalmente en esto me puse en contacto con el padre. Hoy somos uno porque Dios está presente en cada niño inocente, en cada madre y padre devoto, en huérfanos, en los pobres e injustos de este mundo. Jesús es el ejemplo, porque fue el primer humano que tuvo el valor de decir que Dios es un padre. Lo cual es una gran verdad porque todos los que siguen su ley son sus hijos, independientemente de su credo, opción sexual, religión o posición social. Dios es la reunión de buenos corazones y aunque es únicamente un pobre humano lo conozco. (reclamaba)

"¡Blasfemia! Termínalo. (Lucifer)

Mi actitud incitó a la ira de los arcángeles, y están sobre mí. Sin embargo, no me importaba. Se relajará y responderá a la acusación. Y que era lo que Dios quería.

En el momento en que las espadas estaban listas para golpearme por la mitad, un escudo me protegió y me libró de los ataques. Pronto el trueno se reía, llenaba el medio ambiente y el mundo temblaba.

A mi lado estaba mi guía espiritual. A su señal, todos se arrodillaron. Inmediatamente, sentimos la presencia del Dios vivo.

Como éramos seres inferiores, no pudimos verlo simplemente escucharlo. Lo que se dijo era obvio, ¡no habría batalla! El hombre es el punto alto de la creación y los ángeles solo mensajeros. ¡Fin de la historia!

Alá se retiró parcialmente y los ángeles se han ido a ocupar sus lugares justos en los reinos. Solo yo y mi tutor. Me atrapaste en la vuelta, vuela rápido. Personalmente, pasaré por las puertas en un total de siete. Al final, el ángel me deja. Abriendo la última puerta, tengo acceso a un nuevo entorno. Para mi sorpresa, estoy de vuelta en la habitación, conociendo al amo.

Con una cara curiosa, reanuda la conversación inmediatamente.

"¿Funcionó, hijo de Dios? (Sanador)

"Sí. Fue una experiencia increíble y única. ¿Y ahora qué? ¿Cuál es el siguiente paso?

"Ahora ha llegado el gran momento. ¡Espera un minuto! (Sanador)

Se fue un poco y abrió la puerta de la habitación. Sacudiendo el pelo, gritando: "Renato, ven aquí". En unos momentos, responde la llamada y entra en la habitación. La puerta está cerrada de nuevo y estamos los tres, los tres mosqueteros. Las señales maestras, tomamos las manos y formamos un círculo. Empieza a guiarnos.

Estamos dispuestos a comenzar un gran viaje que desafía el espacio y el tiempo. Primero, debemos concentrarnos en nuestro ser interior, arreglando la idea de un hecho importante de nuestra vida. Cuando lleguemos a la concentración completa, podemos caminar con cuidado a través de la línea temporal y la existencia. Sin embargo, debemos ser cautelosos de no alterar el orden de los hechos.

"Entiendo. Algo como el viaje que hemos hecho en el pasado.

¿Podemos empezar? (Renato)

"Sí. (El curandero)

Siguiendo la guía del maestro, comenzamos el ritual de paso del tiempo. Cada momento de este trabajo, descubrimos un nuevo mundo en nosotros mismos. En un instante, nuestros espíritus y cuerpos tiemblan de emoción cuando tienen acceso a la línea de existencia. Sin miedo, me cuelgo el tiempo y mi espíritu angustiado comienza a penetrar un mundo nuevo.

Fin

www.ingramcontent.com/pod-product-compliance
Lightning Source LLC
LaVergne TN
LVHW020453080526
838202LV00055B/5439